グッとくる山《san》頭《tō》火《ka》

コトバと俳句

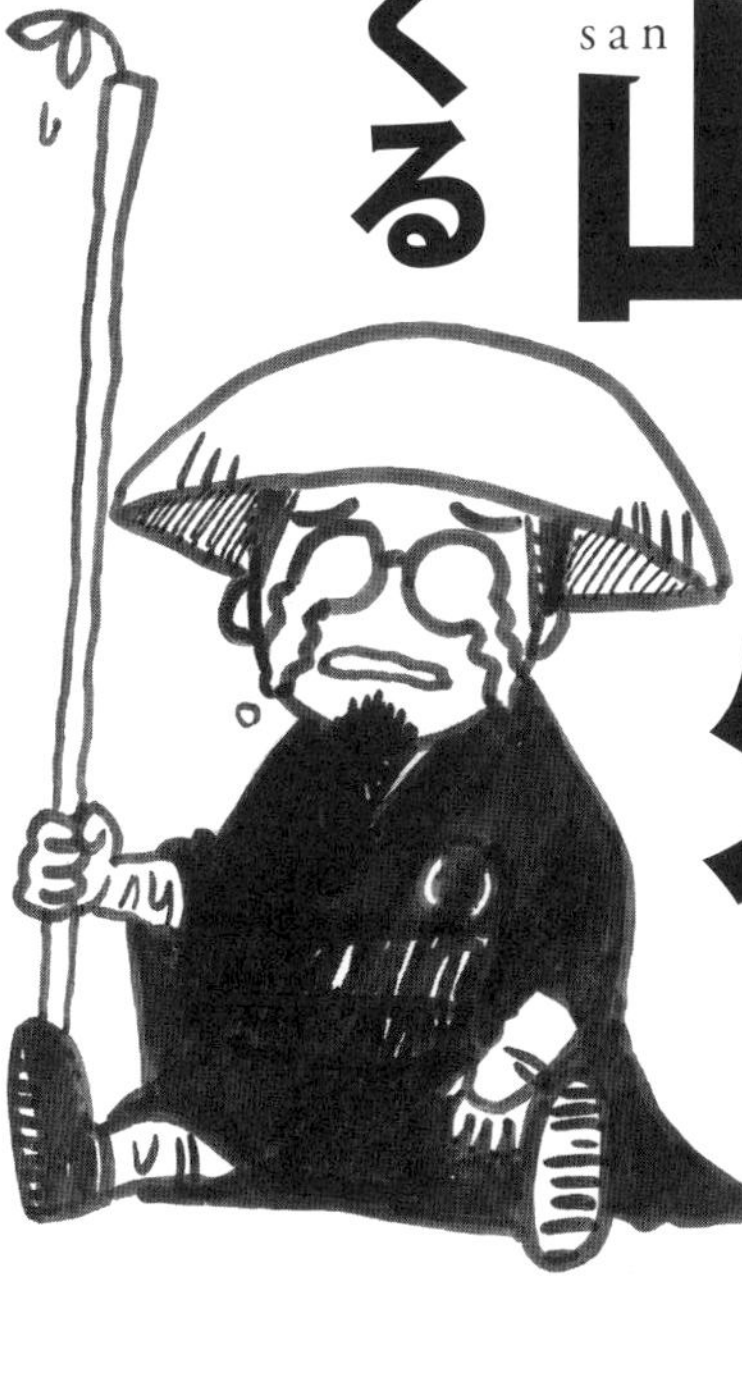

春陽堂編集部 編

春陽堂

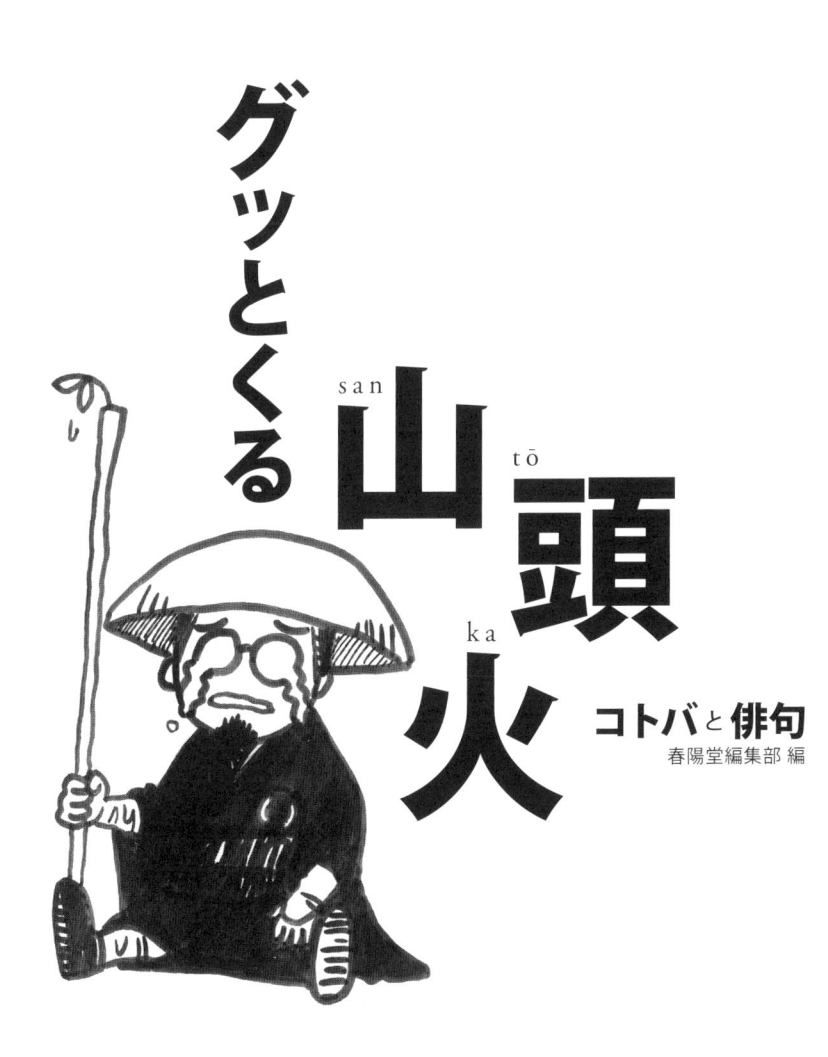

本書は『山頭火全集』『山頭火全句集』（小社刊）を底本とした。コトバは読みやすさを考慮し、新字、新仮名遣いとした。ルビは適宜付し、明らかな誤字、脱字は訂正した。

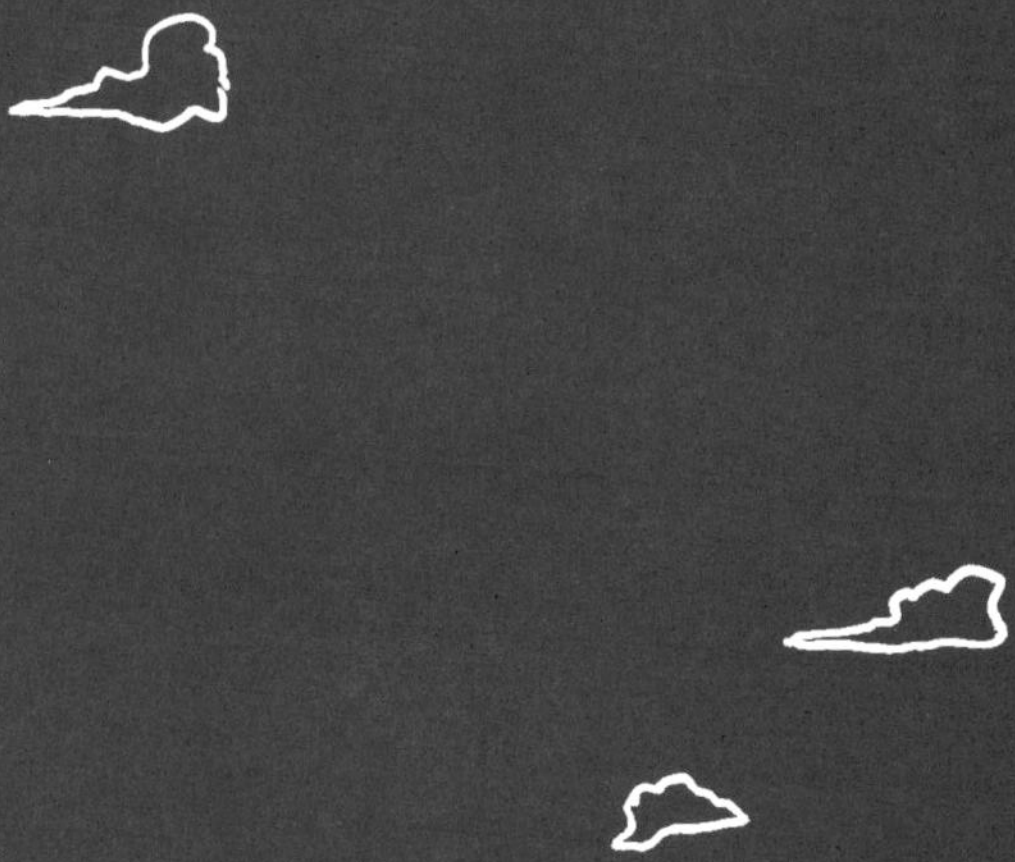

イラスト・もろいくや

目次

喝！

001

不幸を幸福に転ずる
唯一の方法は
其不幸を
味わい尽くすにある。

002

走れ。走られるだけ、
走られるところまで走れ。
そして絶壁に衝き当たったならば、
お前の脚下を掘れ。
全心全力を以て、掘れ。
新しい泉が湧くか、湧かぬかは
寧ろ問題じゃない。

003

人生を表象すれば、
最初に涙、次に拳、そして冷笑、
最後に欠伸である。

004

真に生きるということは
真に苦しむということである。

005

弱者とは何ぞや
——自ら欺かなくて生き得ない
人々である。

006

他人の不真面目を憤るよりも
自己の真面目を疑え。

007

失望は酸化して絶望となる。

008

泣いて飲むな、笑うて飲め。
独りで飲むな、肩を並べて飲め。
飲んでも飲んでも酔い得ないような
酒を飲むな、味わううちに酔うような
酒を飲め。
苦い酒を飲むな、甘い酒を飲め。

009

まことの個性は
地獄の竈から焼き出される、
地獄の火を潜った個性でなければ
まことの熱がない。

010

眼を閉じよ、眼を閉じよ。
眼を閉じなければ
ほんとうに観ることは出来ない。

011

妻があり子があり、友があり、
財があり、恋があり酒があって、
尚寂しいのは自分というものを
持っていないからである。

012

外光を待つ人は、
徒《いたず》らに窓を開いたり閉じたりする。
静かに座して内部の醗酵を待て。

013

籠の鳥よ、
放たれる日を待つよりも、
力いっぱい羽ばたけ。

014

闇を尊べ、
光を包むものは闇である。

015

とにもかくにも、
昨日までの自分を捨ててしまえ、
ただ放下着！

016

理解のない人間に会うよりも、
山を見、樹を眺め、鳥を聞き、
空を仰ぐ方が、
どのぐらいうれしいかは、
知る人は知っている。

017

執着しないのが、
必ずしも本当ではない、
執着し、執着しつくすのが本当だ、
耽る、凝る、溺れる、淫する、等々の
言葉が表現するところまでゆかなければ嘘だ、そこまでゆかなければ、
その物の味は解らない。

018

活きるとは味わうことなり、
味わうより外に活きることなし。

019

自殺の可否は
自殺者にあっては問題じゃない。
死にたくて自殺するのでなくて、
生きていたくないからの自殺だ。
生の孤独や寂寥や窮迫やは自殺の直接
原因ではない。自殺は最後の我儘だ。

020

歩々生死、

一歩一歩が生であり死である、

生死を超越しなければならない。

021

泥酔は
自己を忘れさせてはくれるが、
自己を超越させてはくれない。

022

悠久な時の流れ、
いいかえれば厳粛な歴史の流れ、
我々はその流れに流されて行く、
その流れに躍り込んで
泳ぎ切らなければならない、
時代の波に棹して
自己の使命を果たさなければならない。

023

俳句は気合のようなものだ、
禅坊主の喝のようなものだと思う。

024

山頭火よ、

お前はお前の愚を守れ。

025

白紙に返れ、
人生は時々ブランクがあっても
かまわない。

026

情に溺るるなかれ。

情に流れては

真実の句は打出されない。

もがき

027

実生活と思想生活とを
截然と分けている人が羨ましい。
恋は恋、味噌汁は味噌汁と別々に
味わいうる人が羨ましい。
僕にはそういう手腕がない。

028

『事実』という意地悪が
滅茶苦茶に責めてくる——今の
僕にとっては人生は悪戯としか
思われない。

029

死のうと思うて
死に得ない苦しさと
死ぬまいと思うて
死なねばならぬ苦しさと、
そのいずれを択ぼうか！

030

死は生の終局であるが、
生の解決ではない。
生を解決するものは
生夫れ自身である。

031

生きたくもなく

又

死にたくもないものは、

病むか或いは狂うかより外はない。

032

家庭は牢獄だ、とは思わないが、
家庭は砂漠である。

033

寂しき日は雨の降る日ではない、
風の吹く日でもない、
好く晴れて一片の雲もない日である。

034

積んでは崩し、崩しては積むのが
私の運命かも知れません、が、兎に角、
私はまた積まねばなりません、
根こそぎ倒れた塔の破片をじっと見て
いる事は私には出来ません、
私は賽の河原の小児のように赤鬼青鬼
に責められています、赤鬼青鬼は私の
腹の底で地団太を踏んで居るのです。

035

両手が急に黒くなった、
毎日鉄鉢をささげているので、
秋日に焼けたのである、
流浪者の全身、
特に顔面は誰でも日に焼けて黒い、
日に焼けると同時に、
世間の風に焼けるのである。

036

歩かない日はさみしい、
飲まない日はさみしい、
作らない日はさみしい、
ひとりでいることはさみしいけれど、
ひとりで歩き、ひとりで飲み、ひとりで
作っていることはさみしくない。

037

行乞は嫌だ、流浪も嫌だ、
嫌なことをしなければならないから、
なおなお嫌だ。

038

歩いているうちに、
だんだん言葉が解らなくなった、
ふるさと遠し、
――柄にもなく少々センチになる。

039

雨は悪くないけれど、風には困る、
雨は身心を内に籠らせる、
風は身心を外へ向かわしめる、
風は法衣を吹きまくるように、
私自身をも吹きまくる、
旅人に風はあまりに淋しい。

040

さみしくなると、
いらいらしてくると、しずんで
くると、とにかく、湯にはいる、
湯のあたたかさが、
すべてをとかしてくれる。

041

家郷忘れ難しという。
まことにそのとおりである。故郷は
とうてい捨てきれないものである。
それを愛する人は愛する意味に於いて、
それを憎む人は憎む意味に於いて。

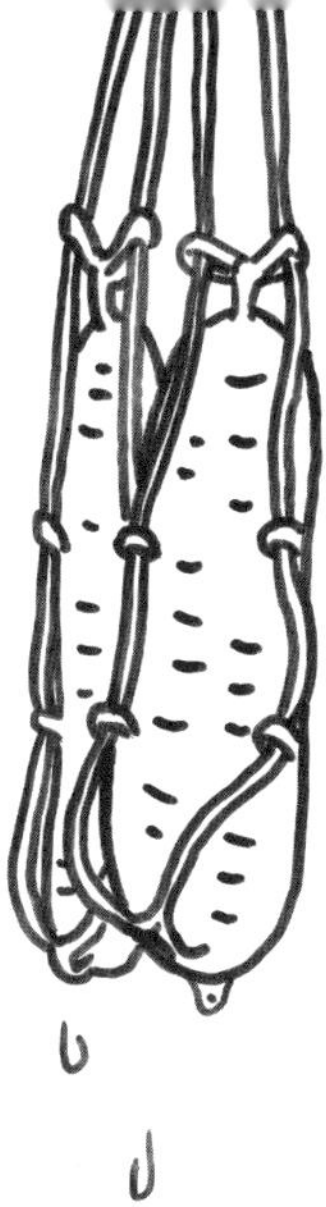

042

一歩一歩が生死であった。
生きていたくない、死ぬるより
外ないではないか。
白い薬が、逆巻く水が
私の前にあるばかりだった。

043

夕餉するとて涙ぽろぽろ、
なんの涙だろう。

044

―― 生きていたくない、
死にたい ―― それも執着だ。

045

酒は仏だ、そして鬼だ、
仏としては憎い仏、鬼としては
愛すべき鬼だ。

046

世を捨てたなどと
うぬぼれてはいない、世に捨てられた
ことをはっきり知っている。

047

故郷忘れがたし、

しかも留まりがたし。

048

年寄りの物忘れはむしろ恩恵だ、忘れたいのに忘れられないことがどんなに多いことか！

049

鋏を借りて手足の爪を切る、
こんなことにも旅情が湧く、
弱い人間である。

050

山頭火はなまけもの也、
わがままもの也、きまぐれもの也、
虫に似たり、草の如し。

051

仏前にかしこまって、焼香諷経、
母よ、不孝者を赦して下さい。

052

銭がないから命があるのだ、

貧乏だから死なずにいるのだ、

——それが真実である、

私の場合では。——

053

私にはどうにもこうにも
解けきらない矛盾のかたまりが
あります、その矛盾を抱えて
微苦笑する外ありません。……

054

或る時は澄み或る時は濁る。
——澄んだり濁ったりする私である
が、澄んでも濁っても、
私にあっては一句一句の身心脱落
であることに間違いはない。

055

文は人なり、句は魂なり、
魂を磨かないで、どうして句が光ろう、
句のかがやき、それは魂のかがやき、
人の光である。

056

ともすれば死を思い易い、
——死を待つ心はあまりに弱い、
私は卑怯者！と自ら罵った。

泣き得ぬが悲し一葉の散る見ても

057

蛍淋しう君追うて来ぬ風ひやと

058

泣いて戻りし子には明るきわが家の灯

059

焚火よく燃え郷のことおもふ

060

労れて戻る夜の角のいつものポストよ

061

けふもよく働いて人のなつかしや

062

それは私の顔だつた鏡つめたく

063

雨ふるふるさとははだしであるく

064

ふるさとは遠くして木の芽

065

ふるさとの言葉のなかにすわる

066

さみしい道を蛇によこぎられる

067

ほうたるこいこいふるさとにきた

068

いつも一人で赤とんぼ

069

父によう似た声が出てくる旅はかなしい

070

ふとめざめたらなみだこぼれてゐた

071

ふと子のことを百舌鳥が啼く

072

ぬいてもぬいても草の執着をぬく

073

あすはかへらうさくらちるちつてくる

074

何か足らないものがある落葉する

075

みんなかへる家はあるゆふべのゆきき

076

をとこべしをみなへしと咲きそろふべし

077

からむものがない蔓草の枯れてゐる

078

うまれた家はあとかたもないほうたる

079

鶲《ひたき》また一羽となればしきり啼く

080

ついてくる犬よおまへも宿なしか

081

春の山からころころ石ころころ

082

あるがまま

083

また小さい蜘蛛が網代笠に巣喰うている、
何と可愛い生き物だろう、
行乞の時、ぶらさがったりまいあがったり
する、何かおいしいものをやりたいが、
さて何をやったものだろう。

084

荷物の重さ、いいかえれば
執着の重さを感じる、荷物は少なく
なってゆかなければならないのに、
だんだん多くなってくる、
捨てるよりも拾うからである。

085

さみしなあ
——ひとりは好きだけれど、
ひとりになるとやっぱりさみしい、
わがままな人間、
わがままな私であるわい。

086

本来の愚に帰れ、そしてその愚を守れ。

087

私は今日まで、
ほんとうに愛したことがない、
随ってほんとうに憎んだこともない、
いいかえれば、まだほんとうに
生活したことがないのだ。

088

人間に対して行乞せずに、
自然に向かって行乞したい、
いいかえれば、
木の実草の実を食べていたい。

089

酒飲みに酒が飲めなくなり、
放浪者が放浪をやめると、
それはもう生命がなくなるのでは
あるまいか。

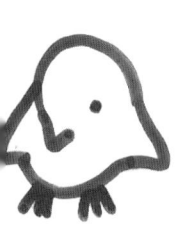

090

人間は人間の中へはいりたがる、
それが自然でもある、
私にだってそれが本当だろう。

091

私は知らず識らず自堕落になっていた、与えられることになれて与えることを忘れていた、自分を甘やかして自分を欺いていた、貧乏はよい、しかし貧乏くさくなることはよくない、貧乏を味わうよりも貧乏に媚びていた、孤独を見せびらかして孤独をしゃぶっていた。

092

誰かにいわれるまでもなく、
私は私の人格がゼロであることを
知りぬいている、いや、私には
人格なんかないのだ。

093

本来の愚を守って
愚に徹す、愚に生きる外なし、
愚を活かす外なし。

094

酒と句、この二つは
私を今日まで生かしてくれたものである、
若し酒がなかったならば
私はすでに自殺してしまったであろう、
そして若し句がなかったならば、
たとえ自殺しなかっても、
私は痴呆となっていたであろう、
まことに、まことに、南無酒菩薩であり、
南無句如来である。

095

父と子との間は
山が山にかさなっているようなものだ
（母と子との間は水がにじむようなも
のだろう）。

096

四十にして惑わず、
五十にして惑う、老来ますます
惑うて、悩みいよいよふかし。

097

旅に出た、
どこへ、ゆきたい方へ、
ゆけるところまで。
旅人山頭火、死場所をさがしつつ
私は行く！
逃避行の外の何物でもない。

098

旅、旅、旅、——私を救うものは
旅だ、旅の外にはない。

099

無理のない、随って嘘のない生活。
水の流れるように生きたい。

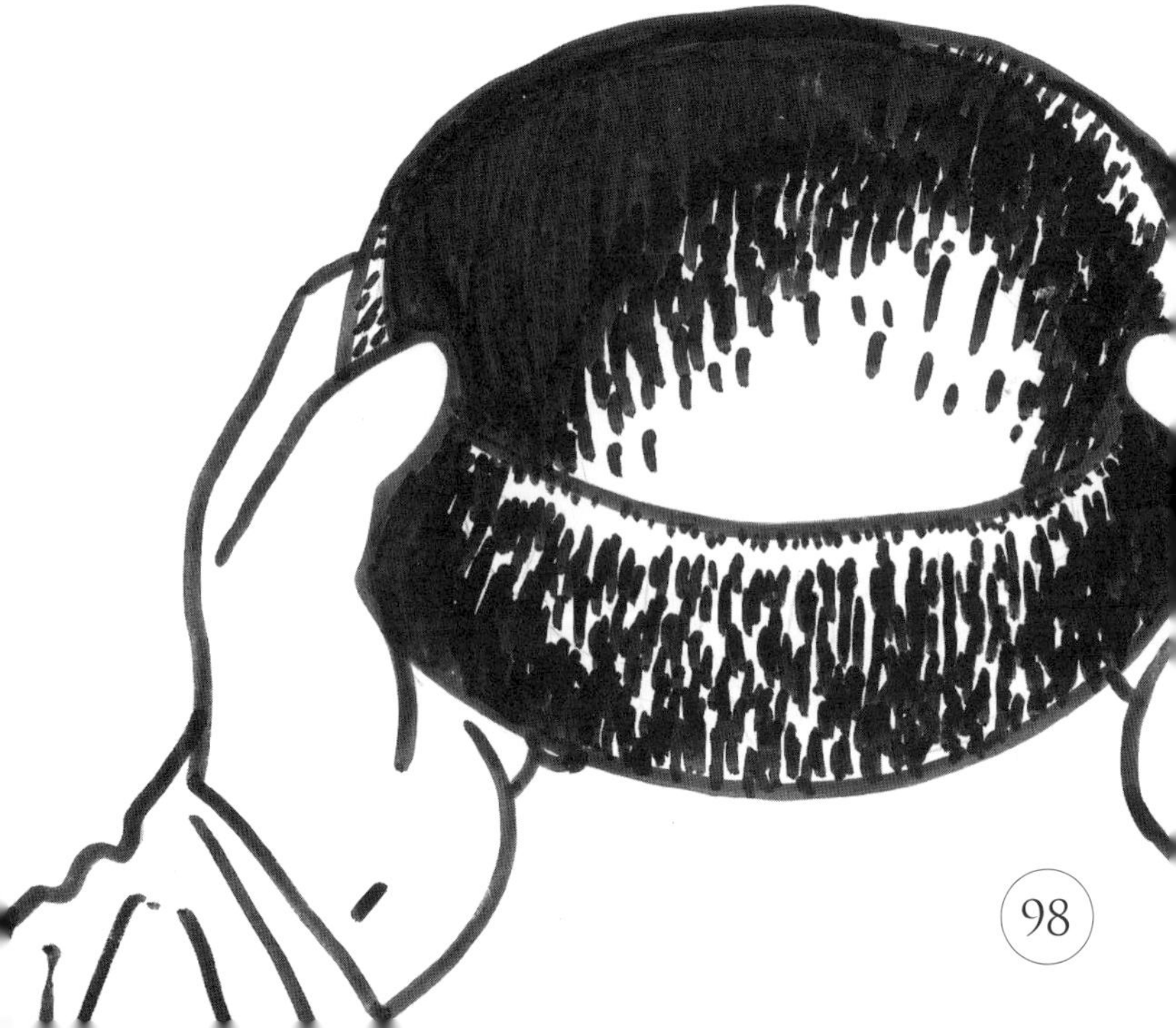

100

夕方散歩、ほんにうつくしい満月が
昇った、十分の秋だった、
私はあてもなく歩いたが、
何となくさびしかった、流浪人の
寂寥であり、孤独者の悲哀である、
どうにもならない事実である。

101

昨日は昨日の風が吹いた、
今日は今日の風が吹く、
明日は明日の風が吹こうではないか。
今日の今を生きよ、生きぬけよ。

102

寝床から月を見る、

——私にめぐまれたよろこびである。

103

動くものは美しい。

水を見よ。

雲を見よ。

104

存在の生活ということについて考える、
しなければならない、せずにはいられない
という境を通って来た生活、
『ある』と再認識して、あるがままの生活、
山是山から山非山を経て
山是山となった山を生きる。……

今日も事なし凩に酒量るのみ

105

ま夜なかひとり飯あたゝめつ涙をこぼす

106

鴉啼いてわたしも一人

107

生死の中の雪ふりしきる

108

へうへうとして水を味ふ　109

まつすぐな道でさみしい　110

だまつて今日の草鞋穿く

111

ひとりで蚊にくはれてゐる

112

どうしようもないわたしが歩いてゐる

113

百舌鳥啼いて身の捨てどころなし

114

酔うてこほろぎと寝てゐたよ

115

うつむいて石ころばかり

116

何とかしたい草の葉のそよげども

117

蜘蛛は網張る私は私を肯定する

118

なんぼう考へてもおんなじことの落葉
ふみあるく

119

何を求める風の中ゆく

120

あるがまま雑草として芽をふく

121

歩くほかない草の実つけてもどるほかない　122

ふつと影がかすめていつた風　123

行き暮れてなんとここらの水のうまさは

124

風の中おのれを責めつつ歩く

125

このみちをたどるほかない草のふかくも

126

秋風、行きたい方へ行けるところまで

127

へそが汗ためてゐる　128

炎天のレールまつすぐ　129

おもひでがそれからそれへ酒のこぼれて

130

わが道

131

俳句は一生の道草

とはおもしろい言葉かな。

132

水はよい、断然よい、
水と雑草との俳人として
山頭火は生きる、生きられるだけ
生きる、そしてうたえるかぎり
うたうのだ！

133

よき本はよき水の如し、
よき水はよき本に似たり。

134

すがた即こころ、

こころ即すがた。

そのすがたをうたう、

それがこころの詩である、

私の俳句である。

135

物の音が声に、
そして物のかたちが
すがたにならなければウソだ、
それが
ホントウの存在の世界だ。

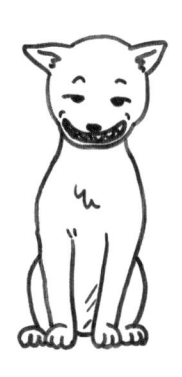

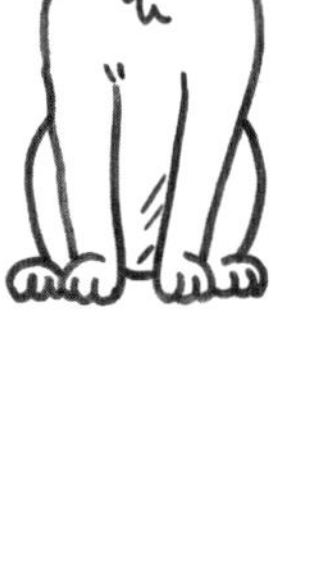

136

生の執着があるように、
死の誘惑もある。
生きたいという欲求に死にたいという
希望が代わることもあろう。

137

私は自覚する、私の句境——
というよりも私の人間性——は飛躍した、
私は飛躍し飛躍し飛躍する、
しかし私は私自身を飛躍しない、
それがよろしい、それで結構だ、
私は飽くまで私だ、
山頭火はいつでも山頭火だ！

138

水の流れるように、雲の行くように、
咲いて枯れる雑草のように。

139

しみじみ死をおもう、
ねがうところは
ただそれころり往生である。
……

140

旅は私にあっては生活の切札だ！

141

五十にして五十年の非を知る
というが、私は六十にして
六十年の非、七十にして七十年の
非を知る愚人だ！

142

私の念願は二つ、ただ二つある、
ほんとうの自分の句を作りあげることが
その一つ、そして他の一つはころり往生
である、病んでも長く苦しまないで、
あれこれと厄介をかけないで、
めでたい死を遂げたいのである
（私は心臓麻痺か脳溢血で無造作に往生
すると信じている）。

143

飲み食いしないでも句を作ることは
怠らない、いいかえると、腹は空って
いても句は出来るのである、
水の流れるように句心は湧いて溢れる
のだ、私にあっては、生きるとは
句作することである、句作即生活だ。

144

――私は俳句を人生で割り切った
（と自信している）、そして人生を俳句で
割り切ろうとしている、果たしてそれが
私の可能か不可能かは解らないが、
私は全心全身で精進している。

145

山頭火は山頭火であれば足る、
山頭火は山頭火として生きぬけ、
それがほんとうの道である。

146

長生きすれば恥多しという、
ああ私は生き過ぎている、あまりに
恥が多い、恥の多い一生、
ただ幸にして、
私はまだ恥を失わない。

分け入つても分け入つても青い山

147

生き残つたからだ掻いてゐる

148

捨てきれない荷物のおもさまへうしろ

149

分け入れば水音

150

すべつてころんで山がひつそり

151

雨だれの音も年とつた

152

焼き捨てゝ日記の灰のこれだけか

153

まつたく雲がない笠をぬぎ

154

うしろすがたのしぐれてゆくか

155

鉄鉢の中へも霰

156

笠へぽつとり椿だつた

157

何が何やらみんな咲いてゐる

158

やつぱり一人がよろしい雑草　159

水音しんじつおちつきました　160

はれたりふつたり青田になつた　161

生えて伸びて咲いてゐる幸福

162

枯れゆく草のうつくしさにすわる

163

うれしいこともかなしいことも草しげる

164

雪のあかるさが家いつぱいのしづけさ

165

青空したしくしんかんとして

166

空へ若竹のなやみなし

167

窓あけて窓いつぱいの春
168

蛙になりきつて跳ぶ
169

もりもり盛りあがる雲へあゆむ
170

ふまれてたんぽぽひらいてたんぽぽ

171

濁れる水の流れつつ澄む

172

出典一覧

001　雑誌「層雲」……大正3年2月号
002　雑誌「層雲」……〃　2月号
003　雑誌「層雲」……〃　4月号
004　雑誌「層雲」……〃　5月号
005　雑誌「層雲」……〃　12月号
006　雑誌「層雲」……大正4年3月号
007　雑誌「層雲」……〃　3月号
008　雑誌「層雲」……〃　4月号
009　雑誌「層雲」……〃　6月号
010　雑誌「層雲」……〃　6月号

011　雑誌「層雲」……大正5年3月号
012　雑誌「層雲」……〃　6月号
013　雑誌「層雲」……〃　6月号
014　雑誌「層雲」……〃　6月号
015　日記……昭和7年5月31日
016　日記……昭和8年1月27日
017　日記……〃　2月10日
018　日記……〃　7月6日
019　日記……昭和9年6月8日
020　日記……昭和11年5月17日
021　日記……〃　5月23日
022　日記……昭和12年12月16日
023　日記……昭和13年7月5日
024　日記……昭和14年8月16日
025　日記……〃　8月28日

026 『愚を守る』初版本……昭和16年8月
027 椋鳥会五句集『梅』……大正2年2月
028 椋鳥会五句集『梅』……〃 2月
029 雑誌「層雲」……大正3年2月号
030 雑誌「層雲」……〃 2月号
031 雑誌「層雲」……〃 7月号
032 雑誌「層雲」……〃 9月号
033 雑誌「層雲」……大正4年3月号
034 雑誌「層雲」……〃 4月号
035 日記……昭和5年9月29日
036 日記……〃 10月20日
037 日記……〃 12月19日
038 日記……昭和7年2月13日
039 日記……〃 3月28日
040 日記……〃 6月6日

041 雑誌「三八九」復活第四集……〃 12月
042 日記……昭和10年5月7〜23日
043 日記……昭和11年10月9日
044 日記……昭和12年1月3日
045 日記……〃 1月30日
046 日記……〃 2月4日
047 雑誌「層雲」……〃 5・6月号
048 日記……昭和13年10月6日
049 日記……昭和14年5月9日
050 日記……〃 12月9日
051 日記……昭和15年3月6日
052 日記……〃 3月20日
053 日記……〃 4月2日
054 句集『草木塔』……〃 4月
055 日記……〃 8月6日

056 日記……昭和15年8月18日
057 雑誌「青年」……明治44年
058 句会……大正3年8月
059 雑誌「層雲」……大正7年8月号
060 初出不明……大正8年
061 雑誌「層雲」……大正9年1月号
062 雑誌「市立図書館と其事業」4号 大正11年
063 日記……昭和5年11月21日
064 句集『草木塔』所収……昭和7年
065 句集『草木塔』所収……〃
066 日記……〃 5月21日
067 日記……〃 6月19日
068 句集『草木塔』所収……〃
069 句集『草木塔』所収……〃
070 日記……〃 1月28日

071 日記……昭和8年12月27日
072 句集『草木塔』所収……〃
073 句集『草木塔』所収……〃
074 句集『草木塔』所収……昭和9年
075 句集『草木塔』所収……〃
076 句集『草木塔』所収……昭和11年
077 句集『草木塔』所収……〃
078 句集『草木塔』所収……〃
079 句集『草木塔』所収……昭和13年
080 句集『草木塔』所収……〃
081 日記……昭和14年11月7日
082 句集『草木塔』所収……〃
083 日記……昭和5年11月5日
084 日記……〃 11月24日
085 日記……〃 12月4日

086 雑誌「三八九」第一集……… 昭和6年2月
087 日記…………… 昭和7年3月31日
088 日記…………… 〃 4月10日
089 日記…………… 〃 8月30日
090 日記…………… 〃 10月19日
091 日記…………… 〃 10月30日
092 日記…………… 〃 12月25日
093 日記…………… 昭和8年2月1日
094 雑誌…………… 〃 7月26日
095 日記…………… 昭和9年7月14日
096 日記…………… 〃 9月7日
097 日記…………… 昭和10年12月6日
098 日記…………… 昭和13年3月11日
099 日記…………… 昭和15年3月7日
100 日記…………… 〃 8月18日

101 日記…………… 昭和15年8月20日
102 日記…………… 〃 9月14日
103 『愚を守る』初版本…… 昭和16年8月
104 『愚を守る』初版本…… 〃 8月
105 雑誌「層雲」…… 大正3年3月号
106 雑誌「市立図書館と其事業」4号 大正11年
107 句集『草木塔』所収…… 大正15年
108 句集『草木塔』所収…… 〃
109 句集『草木塔』所収…… 昭和2、3年
110 句集『草木塔』所収…… 〃
111 句集『草木塔』所収…… 〃
112 句集『草木塔』所収…… 〃
113 句集『草木塔』所収…… 昭和4年
114 句集『草木塔』所収…… 〃
115 句集『草木塔』所収…… 昭和5年

116 句集『草木塔』所収……昭和7年
117 句集『草木塔』所収……昭和8年
118 句集『草木塔』所収……昭和9年
119 句集『草木塔』所収……〃
120 句集『草木塔』所収……昭和10年
121 句集『草木塔』所収……〃
122 句集『草木塔』所収……昭和11年
123 句集『草木塔』所収……〃
124 句集『草木塔』所収……〃
125 句集『草木塔』所収……昭和12年
126 句集『草木塔』所収……昭和13年
127 句集『草木塔』所収……〃
128 句集『草木塔』所収……昭和13年
129 句集『草木塔』所収……昭和14年
130 日記……昭和15年10月1日

131 日記……昭和6年2月1日
132 日記……昭和9年5月20日
133 日記……〃 5月21日
134 日記……〃 6月23日
135 日記……〃 9月19日
136 日記……昭和11年5月17日
137 日記……〃 11月16日
138 日記……昭和12年8月
139 日記……昭和13年1月10日
140 日記……〃 4月27日
141 日記……〃 10月4日
142 日記……昭和14年9月2日
143 日記……〃 9月2日
144 日記……〃 9月14日
145 日記……〃 9月20日

146 日記…………………… 昭和15年8月7日

147 句集『草木塔』所収…… 大正15年

148 句集『草木塔』所収…… 昭和2、3年

149 句集『草木塔』所収…… 昭和4年

150 句集『草木塔』所収…… 〃

151 句集『草木塔』所収…… 〃

152 句集『草木塔』所収…… 昭和5年

153 日記…………………… 〃 9月16日

154 句集『草木塔』所収…… 〃

155 句集『草木塔』所収…… 昭和6年

156 句集『草木塔』所収…… 昭和7年

157 句集『草木塔』所収…… 〃

158 句集『草木塔』所収…… 昭和7年

159 句集『草木塔』所収…… 昭和8年

160 句集『草木塔』所収…… 〃

161 句集『草木塔』所収…… 昭和8年

162 句集『草木塔』所収…… 昭和9年

163 句集『草木塔』所収…… 〃

164 句集『草木塔』所収…… 〃

165 句集『草木塔』所収…… 〃

166 句集『草木塔』所収…… 〃

167 句集『草木塔』所収…… 昭和10年

168 句集『草木塔』所収…… 昭和13年

169 雑誌「層雲」………… 昭和15年10月号

170 雑誌「層雲」………… 〃 11月号

171 句帖…………………… 〃

172 日記…………………… 〃 9月8日

※『草木塔』は昭和15年刊の自選句集

2013年 11月 20日 初版第1刷 発行
2019年 7月 20日 初版第2刷 発行

著　者　　種田山頭火
発行者　　伊藤　良則
発行所　　株式会社 春陽堂書店
〒104 - 0061
東京都中央区銀座 3-10-9 KEC 銀座ビル
電話 03 (6264) 0855

印刷製本　ラン印刷社

乱丁本、落丁本はお取替えいたします。
ISBN978-4-394-90310-9 C0092